敷妙

Shikitahe

森岡貞香歌集

短歌研究社

目次

敷妙

装幀　猪瀬悦見

敷妙

しきたへ

衰退の間に

晴るるにかあらむと去《い》にぎはに言ひつるが人
去にてより空氣がうごく

たふれぬやう菊くらるるその間にたふれむ
ばかりうごきてやまぬ

まひるまのあかるすぎるにこの家より人ひと
り失せてゐるはや

雑之歌一

母の手にわが手重ねてふたりぶんの血管のさ
枝うちふるひたり

常ならぬことにあらぬにしろたへのさざんく
わちりぬ虻も去ににき

ぼんやりと枯れて集《よ》りゐるほたるぐさ引きは
らひたり可笑しきと言ひて

雜之歌 二

またたくま失せむ人等か澁谷なる馬券の賣場
におほぜいが動くを

つちふまずに當りの柔き靴ですとかろく言はれたりうつつに夢に

青き菫

この夜半に滴あひよる水たまりつややかにありてーぶるのうへ

鳴神の來る午後といふを前にして烏揚羽オホムラサキのうへに來ぬ

道端のわれめより出でむ少しづつ石をうごかしき青き菫は

土曜日は何曜日とてわが母の海馬の不調の半
日あまり

知らぬまに睡眠のあはひに死ぬがよき　母言
へれどもむづかしくこそ

老いにたる母は王様湯浴みののちをマントの
やうに大きタオル着て

久しぶりハナムグリ來て迷へるを空の光れる
中庭に遣る

この春も明日にか過ぎむほら貝を吹くやうにして鳥のきこゆ

葉蘭にていつしかに咲きてゐる花の土を被れる黑き紫

跳躍をミミズもなせり椎の落葉の乾反る一枚
の舞ひたりき

空きてこし車中の牀にいろいろのかうもりよ
りのしづくの垂れる

目のまへにありて折りたる小さき枝に櫻の咲
きぬわづか色ありき

菅沼

おぼろかのみどりの萌えをたどるわれら別け
て寂しきことあらぬにも

枝枝に萌えの色を見花蘇芳に花の色を見ぬ片
品村二百五十號線しづか

ざらめ雪の汚れのひかりまぶしきに凍みの冷
たさ連れ添ひたりき

竝びあゆむ汝と汝の妻沼のへりの雪はいくらか水になりゐる

とちのきは尖れる紅の芽を見せて枝枝さし交ふかくもま近に

沼の鴨へはしやぎ近づくびしよぬれの犬その
様子の良きとおもひぬ

敷妙

菊まつり圍ひに菊のあつまりて見てゐるうち
に咲《わら》ふかなしさ

時はただ過ぎるあひだに匂ひいでむ木の葉に
青き糞の著きたる

昨《きそ》に汝の手向けし水菓子のとどまりて淡黄の
紙につつまれゐたる

死にてゆく母の手とわが手をつなぎしはきの
ふのつづきのをとつひのつづき

くちびるをきつとむすべるが美しと人ら見て
言ひぬ死にたるものを

鳥來し木の一葉一葉のさざめきがきこえてゐるとわれは言ひしか

等《と》等《ど》力《ろき》不動尊の菊のまつりにあひにしを菊のさかりの長かりしとも

くだものの洗はれたりししづく滴　隣室より
のひかりをうけつ

わが母の九十九歳の齢《よはひ》をばちりばめたりき敷
妙の屋《いへ》

足あげて湯舟に入りこし母人《ははびと》の九十九歳のけぶらひいまいちど見む

通夜の客中庭に入りて佇ちゐたり毛深き青き苔は踏まるる

この夜半の急なる雨粒ぼうぼうと山鳩の啼く
こゑの前後に

日日《にちにち》をあなたと在りてしあはせと母のその言
の葉つなぎ得ざりし

なに見ればとて大き林檎の眞赤きを目にうつしをり悲しいよ母よ

知らぬとて母の待ちし日　みまかるは生《いのち》の中の一度《ひとたび》なるに

胸つべに赤黒の一葉掛かりきつ中庭の人なる
われの餌

晴天に庭の面《も》に水木の紅葉散り青き樹樹立ち
ぬ母をし覺ゆ

鳥類の中にまじりて人のひとりよみがへりこ
むときあらむかも

順順に好きな人の名をあげてゐし娘《むすめ》われらの
名前のきこゆ

たばこ吸ふ人ゐて窓が幅ひろくあけらるると
宵の暗がりの見え

これにてこんやは終りと言ひてをはる母との
寝物語の終りの

菊の葉のなかに浮きゐる少《わか》き蕾　宵暗に鉢を
かたはらに置き

てーぶるの木の實に手ののびてひいふうみい
とあそぶ　人過ぎつるを

菊まつりの一日のをはりいろいろの菊は葦簀
のうちに入りにき

どれほどか時間うごかしてそこに見る八十歳
の母六十歳の母

乳のにほひあふるるばかりぎんなんを散亂さ
せぬいちやうの雌の木

ともどもの秋の日なれば黄葉の竝木の中を鳥
くぐりゐる

菊まくらといふことあれば菊の葉と菊の花瓣
敷きぬこの夜を渡れ

かりそめのことにし林檎のにほひつつ部屋うち空間のはからひをせず

尾花にてましろくうねり突として黒くかがやく誰かも見るらめ

しなのき

雨つぶをうけたるやうにさみしさが服に著き
てをりbrush《ブラシ》をくだされ

鮟鱇の鍋吹きあがりつしかすがに亡きわが母
にいふ言葉數多

ごろんごろんまたぼうぼうと啼くこゑは故《ふる》い
しなの木の中の山鳩

科《しな》といふ女子《をみなご》は母にてしなのきの木下に目の
眩むまで顔をあげてゐし

鳥らが表にいでてとび跳ぬるなんのためとい
ふことなしよわれは母を戀ふ

淡淡と日差しに映り空行きし科の木の葉の中
庭に沈む

電話して虎屋の最中あつらへゐるわがこゑ聞
きとめよ身罷りけれども

興津鯛のやはらかき味を賞でたりとけふはつ
たへて亡きを戀ひつつ

うつしみのうごきて永平寺別院出づかばかり
のことこれをしも嗟《なげ》く

冬の日をふらふらとへやにゐる蜂に窓をあけ
やる手荒きひびき

國寶八橋蒔繪螺鈿硯箱　蓋をあけたる人の跡
ありきや

時のまのことに

庭のもの木草を見るにも可成りの力の要ると
ぞ人の衰ふる日に

死ぬるといふことのみがあると人言へばいか
に難しき死ぬるといふことの

黄葉の觸れあひにつつ竝木の急に散りいづる
とき樹を見つつ居ぬ

まのあたりいちやう黄葉の散りかたの一氣なるとき飛びこむ雀ご

たえまなく散ると道に乗るといちやうの黄葉も強《こは》きものにありける

秋のよる誰と話すのかははそはのねむりつつ
つつましきわらひ

さざんくわの花枝のあはひ通行の花虻が震ひ
奏づるきこゆ

そのかたち簡單に日向に出でてゐる裸木の大
樹こまかき枝と枝

五十年前の寫眞に銃劍をかざしゐる兵　彼は
生きたりや

鳥のこゑキキとあるとき蔓薔薇の黑き實危ふ
いまだに殘るに

をとめらは八十歳まで生きることになりしと
いふなり何か嘆かむ

禁慾性

黑光る堅き木の芽のしづかなるこの禁慾性し
ばらくの閒

殺風景殺風景とてつぶやけりなほ行かば夢の
島なるとぞ

灣岸道路橋脚に集《よ》る毛物よと視て過ぎにたり
ましろき芒

晝ふけのいまし頰杖離したれ肘をつき頰杖し
て靈感のある

髮の根を分けるとしろき地《ぢ》の見えし風景のご
ときの軀の部分

しろき障子立ててその内に居りしとき少時こ
のまま苦しむか愉しむ

葉《えふ》と果《くわ》と入りこめるをくぐるは悦樂か出でこ
しときに尾羽の亂れて

灰いろの枝とびうつる尾長鳥《をながどり》を見て空《そら》いろの
尾羽よと言ひぬ

有明《ありあけ》の竝木路にて捕へたる紅葉一葉の毀れはじめつ

門いでてゆふべに門へ歸りくる契りのごとき
を慣ひとはして

るりいろのはづむ珠をば彈ませしかの女童よ
何か言ひたり

ふる雪の髪に溶けつつ墓のべを去りゆくとき
よ 息づきにつつ

百日忌 たれかれなくに肩に頭に雪片を置き
てぞあゆむ

高層のあかり沈みこむ内濠を雪ふるなかに言ひて過ぎ來つ

太管の傳ふ此所多摩川の瓦斯《ガス》橋を水鳥彼らはいづべにか飛ぶ

釣りの餌の磯蚯蚓《いそめ》を持ちてゐる人の宵の明星
を待ちてをりたる

われめより出でこし菫の石組みの中にをりし
はいかなる由縁

歩道橋の錆のにほひなど手に摩りつつこの橋
にまた戻るべくて渡る

話しをはり此方と彼方いちやうに電話のこゑ
を打ちなびかせり

くわんおん堂の賣店に數珠いろいろあり薔薇《いばら》の實つらねし數珠も

幾程もたのしき時はつづかぬとどまどひたりしの今にし殘る

雪ののち光れる水を踏みてこし人にしあれば
時間を問ひぬ

濃く赤き林檎を擁し立つ人の視線　愛と死と
近似せる

見えますか母に言ふなるひとりごと水指に立つ赤き棒飴

にちにちに時の逝きつつ母ぢや人のよりかかりゐし椅子もとのままなる

輪郭のややゆるみゐるこの面輪小さき寫眞を
引きのばししゆゑ

感冒の熱のもたらしし故《ふる》き時間　人のわれを
よぶこゑに逢はむや

人あらぬに塗箸向きあひに置きたりき禁慾的
なる様式にして

庭の木の木股おのおのに液化しゆくけはひの
ありつ夜に入るまでを

冬の時間

亂雜の本に乗りゐるヒヨドリジヤウゴの實冬
ふかみつつそこににほへる

十三夜の月の佳きとて起きたりし九十九歳の
人よ遙遙とへだつ

ボール箱に入りてきたりしむべの實が逃ぐる
ことなどありやといふこゑ

戸障子のあけたてに息づかひののこれるやう
居らざる人を戀ひつつぞゐぬ

落葉みち落葉のあぶらに滑りたるみづからの
こゑそを呑みこむな

まぢかくに矮鶏《ちやぼ》うごくとき何か言ふことあり
しかどわが去なむとす

をんどりとめんどりが同じ數ゐるを不思議と
言ひて人はたのしげ

金曜日のくるまの列のかたまりの流れはじめ
てわが身にし沁む

葩のへりのちぢれたる葉のへりのちぢれたる
冷えといふもの

多摩川の流れと岸とのかかはりに覺えのあり
てかかる水鳥は

過ぎにけらし

秋風の白河の關のゆくへを見む　くるまを出
でてまがなし森は

太幹の根もとの地中にかくろふはうねりうねりてつひにかくろふ

積みかさねの朽葉のさそひ拒むときにふるき闕跡の古びの香ひ

ふぢのつるのこごしき杖のよぢあがり果ては
この森の天の花とぞ

南湖

透きとほる日差しに秋のシジミ蝶のうごかぬ
は何につかまりゐるにか

虚

けふの日も早く夕べの至りたる菊を見むにも
葭簀もて圍む

用持ちてわれがあゆめる衣擦れは母の衣摺れ
われに著くやも

朝の來て寫眞のまへの花籠の編み目を拔けて
影のあるかな

日録抄

乳房《ちちぶさ》の三つ垂れてゐる大いちやう驚き見らるることなし此の雌木

きこえるこゑあらねばしづか都立高校の學校に庭におもひ續續

校庭に入り來てあそぶ男童を見れば父親は木下に立てり

校庭にはふるき言葉がのこるやうかくのこの
みといふをおもへる
たふれゐる自轉車や椅子學校の裏の草地をあ
ゆめるあひだの

どこにても咲くひめぢよをんうねるやう蛙を
容れて花も莖も佳き

都立大學移轉をはりて附屬高校ののこるはふ
るき愛のごとかる

むかしの府立高等學校のここにて崩ゆといつ
忘るるや

戰場行昭和十八年の記録にて柿の木坂くだれ
り學生群は

若者が死に重なると戰の場に出づる歴史のくりかへされね

藤棚のふぢづるあまたのびあがり藤に葉いづるや忘れゐしこと

校庭の裏の其處此處たんぽぽは西洋種ばかり
なりいつしかにしも

高校生かつての汝のくぐりたる棘の木の搔き
傷抜け道の愉悦

變りはてて土手の斜面失く水邊の失きに記憶
のあらはれて消えず

がらくたの可笑しきひびき聞きしかどふたた
びみたび毀るるなるや

たかぶりて沼津寮より戻りこし時の汝の顔われに近づく

わぎへの方へ八雲の坂を先刻はあゆみをりたり汝と吾とは

ひた押しに柿の木坂を登りゐるうら若き者
いまも昔も

八月

八月の十五日とて庭の木にしろき糞打ちつけて去ににき鳥は

ただしづかに立てかけてある寫眞なるその視
線ゆらさぬやうにして

艱難のごとくしげれるくさなかに夕べはやど
る生きもののこゑ

弱弱しき時間

よわよわしく時過ぎゆきし卓上に肘をつきゐ
し跡の照り出づ

仕方なき夏の悲哀はこの日にて裸になればなど言ひをるこゑも

木炭は効くものならむふるくなり衰へし牡丹樹の根方に置かる

つる草か　ふはふはうごく光り面妖し窗ぎは
に立ちてそを言ふ人よ

その毳が翳りもつなど白桃にてかかることあ
り變りやすき日

夕方のさし入る日差し椎の木が腋けぶらひて
をりてやさしも

見つつゐてカラスアゲハが中庭の梢のへりを
行き過ぎむとす

二千年前のはちすの花見むと汝の言ひたり朝
の露のつめたく

しばらくを田居の方向にあらはれて淡紅の花
その大きなる

手をあげて横断歩道の向う側に行きにたる人
ああ急ぎをり

何がなし空地の中に浮く影のかさばりゐたり
き反魂草は

白粥に蓮の實浮きゐるその食に不意の泪はきらきらしかな

好きなりし食のいろいろ目のまへに見えてありたり形見のやうに

横臥して見ゆる視界を言ひにしをむくげの枝
の伸びたてる見ゆ

いつかうに雨のやまねば水菓子の梨のいろ見
てゐぬふるきまぼろし

この暑き晝の嘆きはあぢさはふ晝のことにて
夜を戀ふならね

わたくしが語尾のあたりをうごかして徒なる
とも時を限らな

寫眞にては大賀はちすの邊に立つ人　家へ戻らむともなしわれが

まなぶたをとぢてをりけり夕暗にうごきのありて一人《いちにん》となる

衣裾より上へ上へとあがりくるばうじやくぶじん人の視線の

血のにじむくるぶし掲げ鏡の中をわれは見てゐぬ朝明けぬれば

鬱金葉の日日

入口に杖が置かれてあるやうなる初冬の朝に
驚かされる

持ち時間の殘りの時間に手ざはりしてみる鬱
金葉の亡ぶる日日

中庭に落ちゐる黄《わう》の葉《えふ》も紅《こう》の葉もそれぞれを
踏みやり嗟きぬわれは

中庭の灰色の枝や黒き枝や鳥の飛ぶとき出でてゐる枝

末枯れたるつるを引きたり狼藉の後にむかご、よと言ひつつひろふ

馬油の沁みたる踵のすべらかに母屋より離れ
に行き悲しみてゐる

死にたるを戀ふる朝の重たきに踵に力こめ躰
を立たす

母を抱き湯舟にくぐまるこの感じうるほひて
わが眠りたき今

てーぶるにのこしてありしパンの耳のうごき
をりたり晝まのことに

くちぐせの莫迦らしいを言ひつつし母あらはれく面倒見のよく

箱いでし赤き林檎のむらがりの甘き香ひはわれをめぐりつ

出羽國・月山

水鳥となりゐる白きペットボトル川波のまに
まはるけくなりぬ

北へむかふふるき往還の濕りきて時雨のあめ
かと見やることをす

立谷澤《たちやざは》川しづかなる川べりとのなかからひもくるまにありて短き時間

つつがむし滅ぶと言はず軒下の黑き毛束は馬の尻尾にて

月山の山中に生ふるツキヨダケとふ月夜茸ぼつてり光れるを見め

ツキヨダケの暗き紫のところのみに毒ありと言ふ食べ方を言ふ

さまたぐる冷たき霧を押しやりて池塘に逢ふ
か抱かむばかりを

こもりぬの二夜が池に往くと言ひ行かぬと言
ひぬしどろなる朝

木の下にひろひて手の中に入れてこし何の實
でせうわれに呉れたり

霧の湧く大杉に添ひカラスらの道かあるらし
しばし戀しめ

いつしかと烏《カラス》川より離れたり川のかたへを過
ぎるとなしに

わかつあたはぬきのふとけふのあはひなる
つきよみの山かあるらし

玉川寺

見ればとて出土のふるき硬玉の玉川寺の廊に
竝べありたり

玉川寺の庭を過ぎつつ一位の實を口に含みぬ
何嗟《なげ》かめや

由縁

まなぶたの裏側ながれたるのみに消えし泪を
きらつてをらぬか

道變りのぼりの傾斜の目立たぬが苦しくなき
かと汝の問ひたり

伸びる芽をついばみ鳥の去ににし日脇芽はち
さきちさきふくらみ

驛に着く頃にあたかも置かれけんサリンのふ
くろ置かれし時間

ひろひたるカラスの尾羽根を地に戻すなにゆ
ゑといふ程にあらなく

出できたり明日葉摘みて廚に入る　かくなめらかにロボットは歩まず

その足は地面離れしともなくて地面を渉りき九十九歳なりし母人《ははびと》

刈りこまれ枝のあはひのひらけたる翌檜の木
に暗きところなく

枝打ちはほどほどにといふこゑを遣る椎のふ
る木の太き枝と枝

ましろなる馬酔木の花房も衰へしを腕を白布
に吊りてゐる日日

レモン握りて握りの力をためせとぞ石膏繃帯
の除れしばかりを

北行にはぐれしナベヅルとふ加賀の地の畑に
降りてクルルと啼きし

寫眞に風景のうつれるを呉れたりき手渡さむ
ため長く持ちゐしと

いつせいに鳥の多數の去にたるはいかなる一
羽が中にゐたのか

日日過ぎてゆきつつ見ざりしことどもに呑川
べりの染井吉野の散りがた

鼻柱もまなこも濯ぎすすぎたるかかるにほひ
に窗のひかりは

心地

青き空を見つつしいつに死ぬるともなき心地
とて人の言ひしを

家人の目にとまるべくてぼけの實の二つ三つ
と庭もにころぶ

朝《あさ》光《かげ》のひろびろしきに昨《きそ》の夜のつきかげあり
しあたりを掃きぬ

那須

わがそばを過ぎしはばたき山葡萄の蔓を離れ
こし紅き葡萄葉

霧ごめのこの沼原にときをりに細幹とさ枝と
にじみ出でて見ゆ

そこに居りし鳥にてありし刹那のことに楢の
落葉をはつしと踏みぬ

後の日に

紅蜀葵の花の赤くし藤棚は黄葉垂れたり阿彌
陀寺の此處

くるま出でてけふのみの秋の日差しにわが出でてゐることのさみしく

會津びと今日も悲しむいくらかの武器の差なりしと戊辰の役《えき》は

敗れたる戊辰のいくさの千餘の死屍ひとつ冢《つか》
なり見つる限りの

死溜りの冢のあはれを見むとして來れるなら
ず過ぎし日おもひて

戦死家とまむかひてゐるこのやうな後の日の
あり死は懸命の生

鳥の目に入るなかりしはガマズミの粒實ここ
だく黑きくれなゐ

背《せ》炙《あぶり》の名を負ふ山のガマズミの赤の實の黒ず
むときにのぼりこし

やさしき動き

蟲川の大杉と呼びてをやれば老いにし樹は笑
ふよ瘤《こぶ》と虚《うろ》もて

よわよわしく立てる茸のその傘が足もとにあり連れを待つ間

山葡萄の葉の濃き紅をひき寄すとああ杖ほどの枝ひろひ持つ

魚野川

魚野川見つつ鮎食ふなりゆきに岸の草むらに
汝は車を置く

魚野川またひとつ川とあふところそこへ行く
草みち汝が影さわぐ

わが宿る一部屋に入るはいまだしも野尻の湖
に霧のうごける

岬の道

突端に行かなと言ひて行く汝の後を行きたり
岩の中の辿り

神島に鷹は降りぬか沈金の照るごとくあるわだなかの島

突端をあやぶむわがこゝろそのこゝろをなつかしみたり母にかよへる

磯踏みて汝《いまし》ら先を行きつつし砂濱にゐるわれ
に砂濱の時間

澁滯に巻きこまるるを恐れしが過ぎにけらし
も何夢見けむ

けふのあはひけふにやさしく身みづから衣摺れしきり初秋の日ざしに

椅子の足の影の頑丈にあるが見え死にたる者に別れがたしも

朝市のミドリハナヤサイ脇枝の花の蕾濃き青
の集り

不可思議に毛といふさかひに豊橋筆の山羊の
肩の白毛と鼬の黑毛

石ころと見えてゐるうちにおびただしき鴨の
うごかず晝をねむれる

どの鴨もいのちの果ては持ちながら伊良湖岬
初立池に休息をして

ほど近きところ

庭の地邊けふの思ひ出に薔薇の木は黒き果と
鋭き棘なる

赤き實のなくなりしよりわが庭に來たり去《い》ぬると鳥は冷淡

がまがへるながきねむりの形《あり》態《さま》のかくありありし庭の落葉深く

繁りゐる椎の木下のくらがりよりかがやきて
出で來ふるきふるき葉

愛戀のかよふことなき宇宙空間石ひとつ六千
萬年さまよひしとぞ

山鳩にあれば常にし樹の下の地面に下りてゐるとき隠れなき

かんがへることにあらなく馬鈴薯はよりあひにつつ蛇口の下

昨《きそ》の夜は後へ後へとゆくにしも母と在る昨日
に明日のまぼろし

日日のくりかへしのなか心臓のつと止まると
き鳥なども墜つ

けふと言へ小さき紫のイヌノフグリに虻の來たりてしまし醉ひたる

らんざつのわがへやのうちときのまをたばこの香ひ汝の居りたる

さかのぼる時間のうごかせざる時間二月廿六
日反亂の記録

のどもとと首のつけ根とちがふこと言ひ出で
ぬ何のゆゑぞも

年長の夢

この朝時間のことを話ししがかにかくにうご
く窓のひかりも

オホムラサキ雌《し》蕊《ずい》のややに傾けり花粉の方へ
今朝寄らむとし

つるを辿りひるがほしろき花のなかに入りに
し蟲にただ時の過ぐ

たわいないちにちのをはれば寝臺にねむり
てわれは寝臺より外《はづ》る

この世は長きか短きかははそはと話しあひた
りかの日たのしく

つきかげのなかに見えこし往還のおそらく昭
和の中頃まで見えし

いまの世に年長の者いみじくも戰死者の生前
の顔を見知れる

掛けて置き風をとほせるよそゆきの着物うつ
そみとかかはりあひき

おもひこしことも捨つればおぼろかに弱者の
ゆとりのごとき味はひも

つつましく草の弱蔓のからみこし安きこの日
のたちまちあやしく

胸腔の暗き葉むらとの相聞《あひぎこえ》　庭つべの椎の木
の青いきれ

水切りををへたる薔薇《さうび》が青き葉の七枚となり
蕾にしたがふ

此の頃の十薬暗き葉の茂り晝を隠れるがまが
へるのゐる

終了し空席のみになりゐると人が部屋をば覗きし言葉

かなあみに絡む薔薇《さうび》が昨の夜道花びらの色もふたいろありき

奥日光周邊

草にほふ晴れまにいでて飛ぶアブが馬の尻毛に打たれてはゐる

ひさびさに馬にあひつつ黑き目も長き顔もいまこの時のみの逢ひ

馬のゐてかぐはしきなる草の感じ　まなじり
熱くなる感じ

洲のうへにうごかぬ鴨の寝《い》ねるらしき湯川の
へりの影のもろもろ

否みがたく盡きる形は睡蓮花の沼の面をずり
落ちゐたり

沼暗く湛ふに影しおのおのがありしは沼べり
にての時間

羽震ふ蟲のかげにも草繁くなりしとおもふこの窓の向う

契丹陳國公主の跡

契丹の公主墓ある周邊の草丘よ沼よそらのひろき寫眞

墓室へ道は昧《くら》きに前を行く牡馬と牝馬　脚かぐはしも

横に走りななめに走れ玉飾りの馬具揺れて蒙《もん》古契丹《ごる》の馬

墓の中に働く人等の割烹圖　男は鰻を兩の手
もて摑む

夭《わかじに》のをんなびとにて死に顔がかぶれる假面
夜は日に繼ぎ

ほのぼのと光り流れて契丹のをみなは假面を
かぶり死にをりき

櫻

日を浴みて毳立つごとも去年《こぞ》のさくらこのと
しのさくらみだりがはしき

空襲の過ぎて頭巾を除りしより夜空の櫻しとしととして

敗色の見えこしかの日日ばうばうとさくらは
逗子の山のべに咲き

地面

どくだみの消えし地面の香ひなど人には言ひ
つ夜のゆたけきに

ゐぞらごと語るべくあれ　あの頃はね　と九
十九歳は言ひにしを

感官

幹に生ひ葉のひよやかにうすあをきそれだけ
を見てをりて思はる

さしのぶる枝

さしのぶる枝の數數のあるやうなるわが部屋
にわがしりぞきをりて

執着のうするることはあるまじと思ふさんご
じゅの實は赤くかがやき

ぶだうの名甲斐路といへば口にふふむかひぢ
赤紫のひとふさ

黒き甕に投げ入れたりし紫苑なり薄も入れよと母は言ふらむ

いつしかに黒胡麻鹽の壜を持ち見むともせぬま光り流れき

まるばうずに刈られたるより生ひいでて秋の
新葉は妖しきみどり

竹似草の頑丈なるにたいそうなこゑをあげし
に汝の來たりぬ

多摩川の岸べに萩の咲きつつもげにも短く刈られゐる萩

中庭を朝に見れば柿の實のつややかなるがひとつ風の誘《おび》きし

人あまた立ちてをりけり宵宮のこのやうに晴れたる珍しきとて

金魚掬ひ紙の匙やぶれてをりしかど幼き者のしやがみゐたりき

八雲町氷川の神樂堂あかあかと散れる椿のいつしかにあり

渡りつつ橋もうつしみもきれぎれに川波なかに影のうつれる

最上川

おぼろげといふ川の波立ち本流へ入りゆくとして空に光りあり

流れこしもののごときの粗さにて鴉のやから川の中洲邊

ふたたびを川にあふまで山あひを通りぬ蛇の
眠れるも見て

大石田通過の路上つゆくさの藍のいろありわ
れのかたへに

川べりにはとどまりがたき旅の日に川波も中
洲もいたくかがやく

川といふしろきひかりのよぎりけるわが乗る
くるまただに過ぎるなる

橋のたもと讀みがたかりし川の名は川の一字
をのみ讀みたりき

哀樂

おもひをば遂ぐといふことその時よりいかに
腑抜けてさみしくなるらむ

ふしぎともなき春日けふ陶《すゑもの》の器《うつは》のみづのうへ
顔あだめけり

墓の下は肥沃土たくはへあるらんか朝明けの
をりをりにしおもふ

衣をかむりひき伏しをりきたのしきを經てさみしくも動悸やまざる

てーぶるの脚の太きのけぶるがにありつこの家にての悅樂

とほめがね冬枯山にあてがへば斑鳩《いかる》といふ名をたれか言ひたる

一様に雪消えなくに山腹の枯生の水たまりに斑鳩の騒がし

＊

蒼白き馬いまだ來なくに蹄鐵を鍛へむはわが
明日にさへ

＊

ゆゑもなくあはあはしきなる暮れ方によほど
の花を散らすか櫻は

日日の過ぎ方

變らざる日日の過ぎ方蛇口をば走りいでこし
水はコップに

うつにしさみしい音は大きい木になりし水
木の屋根にかぶさる

見うしなふほど仄しろき浮遊なる引き出しよ
りぞいでてきたりし

一年ぶり思ひ切り花をばつけてふらつきゐたりきテツセンの蔓

寝衣《ねごろも》のままの朝のありしかば膜の浮く牛乳《ちち》うつうつとして

むざうさに尾のやうなるものさばきたれ窗まぢかくに曇りのうごく

うちなびく若葉のなかにこゑいづるもとより鳥の愉樂にあらむ

變といふ日のありとして今日過ぎてまた防禦
のみかんがへよとか

何も見ることせず戻らむといふ言葉にわれは
したがふ汝の言へれば

川ぞひに茂る青葉の水深のやう人を浸しつ識
閾にしも

敗けいくさに見しありさまはわが生にしるさ
れしまま生も悲しも

赤赤とつばきの花も過ぎむとし腐《くた》す暗紅いつしかに見よ

枕をば置かなむところ向うには庭の青葉の明るく寂しく

肩に湯を打ちてをはればタオルもてつつみやりたり母の愉愉

木耳のあぶら炒めはいかがありしと味を問ひをり微笑のこゑに

死ぬるにも何なさむにもなすことのなきと言
ひさしてねむりし

電線の光れるなべに竝木路を鳥啼きながら遠
くに行くか

新葉満ちてねつとりどある木斛の木下に立ちてこのさみしさは

なんといふことなくおもふ硬き葉になるまではこの葉はいまだ

凭れるは言葉の向う側にても凭れるらしも人
ひとりゐて

街上に見えて分離帯の草むらに羽搏きをりき
雌雄の雀ご

ゆつくりと休息うつろひゆきにつつ苺の粒は
紅のあざやか

あな憂しと言へれば庭の地銭《ぜにごけ》のいつそう増え
なむ言ひいでしより

香ひの分子

傷つきしは香ひの分子もて知らすとふ　葉のにほひいちじるしき日に

人らしくなる研究にロボットが詳細に人を見
やさしき動きす

敷妙後書

『敷妙』はわたしの第八歌集である。第七歌集『夏至』に次ぐこの集は一九九四年（平成六年）から一九九六年（平成八年）の歌である。

一九九五年（平成七年）の「短歌研究」一月號に發表の「敷妙」三十首があるが、以後、同誌に三ヶ月ごとに三十首といふ二年間があつた。その大方をこの歌集に收めた。

平成六年の秋に九十九歳の母が身罷るといふことがあつた。母とは長いあひだ互ひに身近い存在であつた。戰後の昭和二十二年からは一つ家にくらしたのである。母との別れを抱きこんで、この時期に、どれほどの歌がうたへたか。歌集名『敷妙』は母を擁した言葉でもある。

『敷妙』については短歌研究社の押田晶子様が萬端を御はからひ下された。歌集の刊行は年代順にといふ氣持がわたしにはあつて、そのことでこの歌集の刊行がかなり遲れたにもかかはらず、心にかけて頂いた。ふかく御禮を申し上げる。

二〇〇一年（平成十三年）四月十九日

森岡貞香

検印
省略

平成十三年七月十九日　第一刷印刷発行
平成十四年三月四日　第二刷印刷発行©

歌集　敷《しき》妙《たへ》　定価　本体　三〇〇〇円（税別）

著者　森《もり》岡《をか》貞《さだ》香《か》

発行者　押田晶子

発行所　短歌研究社
郵便番号一一二―〇〇一三
東京都文京区音羽一―一七―一四　音羽YKビル
電話　〇三（三九四四）四八二二番
振替　〇〇一九〇―九―二四三七五番

印刷者　豊国印刷
製本者　島田製本

落丁本・乱丁本はお取替えいたします。
ISBN4-88551-588-2 C0092 ¥3000E

短歌研究社　出版目録

＊価格は本体価格（税別）です。

評論	現代短歌史Ⅲ　六〇年代の選択	篠　弘著	A5判	四九六頁	一一六五〇円	〒三八〇円
評論	短歌文法入門	田中順二著	四六判	一九八頁	二五〇〇円	〒三一〇円
評論	戦後の秀歌Ⅳ・Ⅴ	上田三四二著	四六判	各巻 全巻一括	二五二四円 四八五四円	〒三一〇円 〒三八〇円
歌集	天泣	高野公彦著	四六判	一九二頁	二八一六円	〒三一〇円
歌集	水晶花	石川不二子著	四六判	一九二頁	二八一六円	〒三一〇円
歌集	青童子	前登志夫著	A5判	一八四頁	三〇〇〇円	〒三一〇円
歌集	汨羅變	塚本邦雄著	A5判	一七六頁	三〇〇〇円	〒三一〇円
歌集	いつも坂	岩田正著	四六判	一九二頁	二五〇〇円	〒三一〇円
歌集	海嶺	宮英子著	A5判	二〇〇頁	三〇〇〇円	〒三一〇円
歌集	白雨	春日井建著	A5判	二〇八頁	三〇〇〇円	〒三一〇円
歌集	日の鬼の棲む	伊藤一彦著	A5判	二〇八頁	三〇〇〇円	〒三一〇円
歌集	青みぞれ	道浦母都子著	四六判	二〇八頁	二三八一円	〒三一〇円
歌集	カフェの木椅子が軋むまま	松平盟子著	A5変型	二一六頁	三〇〇〇円	〒三一〇円
歌集	拳	来嶋靖生著	四六判	二〇八頁	二八〇〇円	〒三一〇円
歌集	行路	島田修二著	四六判	二四〇頁	三三三三円	〒三一〇円
歌集	家	河野裕子著	A5判	二三二頁	三〇〇〇円	〒三一〇円
歌集	約翰傳僞書	塚本邦雄著	A5判	二〇八頁	三五二四円	〒三一〇円
文庫本	近藤芳美歌集	近藤芳美著		一九二頁	一二〇〇円	〒二四〇円
文庫本	大西民子歌集（増補『風の曼陀羅』）	大西民子著		二一六頁	一七九六円	〒二四〇円
文庫本	岡井隆歌集	岡井隆著		二〇〇頁	一二〇〇円	〒二四〇円
文庫本	馬場あき子歌集	馬場あき子著		一七六頁	一二〇〇円	〒二四〇円
文庫本	島田修二歌集	島田修二著		一七六頁	一二〇〇円	〒二四〇円
文庫本	柴生田稔歌集	清水房雄編		一八四頁	一七四八円	〒二四〇円
文庫本	窪田章一郎歌集	窪田章一郎著		一七六頁	一七四八円	〒二四〇円
文庫本	塚本邦雄歌集	塚本邦雄著		二〇八頁	一七四八円	〒二四〇円
文庫本	上田三四二全歌集	上田三四二著		三八四頁	二七一八円	〒二四〇円
文庫本	佐佐木幸綱歌集	佐佐木幸綱著		二〇八頁	一九〇五円	〒二四〇円